JN198582

あけやらぬ
みずのゆめ

福田知子

港の人

あけやらぬ　みずのゆめ　目次

あけやらぬ　みずのゆめ　1

雨の底から　樹の底から

夏に出会う

あけやらぬ　みずのゆめ　2

入り江から

装画
山口薫（1907-1968）
《若い月の踊り（Dancing under aYoung Moon）》
1968（昭和 43）　油彩・カンヴァス（oil, canvas）　100×80.2cm
群馬県立近代美術館蔵

あけやらぬ　みずのゆめ　1

ふりわけられし水

そこにひとつの扉がある
扉は透明な光で象嵌されている
眩しさを伴わない妙に醒めた光の硝子
扉をひらく
指を滑らせるようにつうと扉をひらくと
まっすぐに伸びた廊下の果て
天空に描かれた一枚の絵があった
絵は幾重もの水の層で構成されている

水はそこだけを存在への通路としている
その昔、茴香（ういきょう）の筒に火を詰めて走ったプロメテウスのように
灯心草のキャンバスに六層の水を湛えて
乾いたうす水色の天空を巡っている
紅は情熱の証であって血の色ではない
見えるものは見えないものに触れているといった
ノヴァリスの青はいつか花となって咲くだろう

放たれた、毀（こぼ）たれた、最期はいつも
見えないものに触れている
夢は陽炎となって天空にのぼり
急速に冷気に晒されて液体となる
陽炎の雨は天空にとどまり
六層の水にふりわけられる

どこにいくのだろう
私たちのはかないゆめ
ふりわけられし水
の　エートス*は

*エートス ethos
ここでは出発点、出現の意。あるいは芸術作品における気品。Ethos は古代ギリシャ語で本来「いつもの場所」を意味し、一般に習慣、特性を意味する。

海への道

行き暮れ
塞がれ
打ち捨てられた

降る雨
　灰
焼けた隘路に
天に
地に

海から迎えにきたはずのひと
罅(ひび)の入った電灯に木霊(こだま)する夜光虫の囁き
それらはすぐに歪み　沈みこんでしまう
ここ　あそこらへんの何かが猫のすり抜けた光の道を邪魔して行進するから
とびぬけた野鼠の逆襲がまた始まろうとしている
蘊蓄(うんちく)ばかり垂れる漁師はまた一人　沖へと吸い寄せられたまま帰らず
浜辺にはとうとう人っ子ひとりいなくなってしまった
海岸から続く海苔(のり)の草むらはファスナーを閉じるように均(なら)され
曲がりくねった坂道はもうすでに過去の時間に閉じられたままだ
振り向き振り向き猫と見たあの景色は三角の扉に閉じ
焦げたトライアングルから茫々と青草がはみ出るばかり
朽ち木の囲い塀から漏れるやけに黄色いうすあかりにも
懐かしい家族の人影は永遠に映しだされなくなった

みゅうと哭く猫と一升瓶を抱いて星を仰いだ夜にもチェルノブイリの灰はた
　しかに降っていた
(だが二十年目のいま海続きの道にチェルノブイリよりもっと高濃度の灰が
　降り続いていることをあのときだれが想像しえたか)
夏に向けて殺菌された中学校のプールを熊内（くもち）八幡（はちまん）さんに向かう石段の上から
　俯瞰すれば
そこには午後の美術室のビーナス　それからアグリッパ
理科室のホルマリン漬けのラットのごとく日々は過ぎ
河原の中洲にチョウの標本さながら這いつくばる

川の視線

水の気配に呼びとめられ歩く　朝（あした）
水音はひと雨ごとに懐かしい詩人の声になる
響いてくる風音は　秋枯れた草叢（くさむら）の少し向こう
網の目になった虫たちの塒（ねぐら）からの伝言

朝焼けにたゆたう光　日々濃くなる樹々の影
自転車を降り　走り来る子らの影と濃く重なりあう
それら影たちがしなやかな護謨（ゴム）となって伸び　やがて溶けゆくまで
水の歌声は水鳥の影と重なりその輪を広げながら羽ばたいている

川の視線は遠く　近く　虹彩を微細に調節しながら
木々に　人びとに　草叢に　水鳥に　虫たちに投げかけられている
気がつけば洪水となってこの地域一帯を震え上がらせるほどの——

近づき　流水にそっと手を浸せば掌（てのひら）は水の影でみたされる
その水の　その川の　その視線の　何年も昔から——
この星の愛の深さによって生みだされた慄（おのの）き　それら視線

海

衝撃からうまれた異常な汐の流れ　みるみる近づく水けむり
切れる電源　襲う水　壊れた虚構という名の神殿
その痕跡から現れつづける　穴だらけの魂
北の海にいまも彷徨う　浮遊するいくつもの魂
いくつもの腕　いくつもの脚　いくつもの背中　いくつもの腹　いくつもの頭
　いくつもの顔　そして幾片もの骨
夏の終わり　血糊の交じった熱い海を
いくつもの半透明の身体が　行き交う
魂の群れが　浮遊する　陽炎になって　ゆらゆらと

もう誰　憚らない　死者たち　生きる者たち
　瞼には　耐えがたい記憶の裏側　噛みしめるように閉じ込めて

あがらない腕　あがらない脚　あがらない背中　あがらない腹　あがらない頭
　あがらない顔　あがらない骨　そして……あがらない魂
海藻も貝殻も　骨だらけの魚も半透明になって彷徨う

目を覆われ　耳を奪われ　いまだ触れない　閃光にさらされる　なかいまの夏
海から陸へと　ゆれのぼる影たちの死骸を踏んで　なおも突き刺す
絡みつく腐った海藻のにおいを消すしぐさにも慣れた　かのようにみえる狂気
幾重ものそれら半透明の群れを見放すごとく

この星は憶えているだろうか
いくつもの魂を宿しては破壊する

もはや人びとが忘れてしまった
海の
光に満ちた憤りの深さを

はなびら

アイリは姉　死んでいる
ジュリは妹　生きている

ジュリがお菓子を買うときはいつもふたつ
アイリのミルクチョコとジュリのいちごみるく
遊ぶときも死んだアイリと公園にいく
小学校にあがったジュリ
好きな絵を描いて　と言われ
水色のワンピースの女の子を描いた

水色はアイリの好きな色
アイリとジュリ
死んだアイリと
生きているジュリ
ジュリの中ではアイリは生きているから
お母さんにはわからなくなっている
どの子が生きて　どの子が死んだのか
だから　いつも二人分のオムライスを作る

津波がごおっとやってきて
はなびらのように魂　抜いて…った＊

あいするひとがいること
はたらく場があること

この二つがあるとひとは生きられる

ならば
あいするひとをつくろう
ジュリは死んだアイリをあいするひとにした
ならば
はたらく場をつくろう
お母さんは死んだアイリのオムライスをつくるためにはたらいた
アイリの魂　どこにいったの？
津波とともに海の彼方にかえってしまったの？

ちがう　ちがう　とジュリは言う
鍋の中のたまねぎ　にんじん　じゃがいも　きゃべつ

それから　魂の骨と肉

鍋の中
アイリと
ジュリと
お母さん
三つの魂は一緒になって
美味しそうな匂いを放っているのだ　と

＊あるときTVを観ていたら、次のような言葉に驚く。「津波が魂を抜いていったんだ、花びらのようにな…」。当事者の村人の「花びら」という比喩にさらなる衝撃。

氷の世界

地面の下で嗅覚は待っている
水の夢がひらかれるのを

今夜　凍りつくという
それは　水の夢からの伝令
つっぱり　つっかえ　つまづき
沁みだした　叫びのような……

地面の下で

植物たちが　聴きたいのは
根っこたちが　ひらきたいのは
なつかしい地球からの
言づて
嗅覚に　触覚に
呼びかける
言づて

したした　滴る
磐(いわ)の眼のした
うごかない　黒雲の裏側から湧いてくる
嗅覚を　触覚を　震わせる
その

霊(たま)の　陸奥の　青い葉叢(はむら)の
甦ろうとする　嗅覚だけの　触覚だけの
言づて

磐(いし)の下で
水の底で
……幾年――
なのに
永久凍土で
　　待ちぼうけ
あいする肉から
あいする骨へ

たたずむ
みぎわ
今際(いまわ)のみぎわ
　で

水鳥が啼いた

そうして

また　うごかない冬がやってくる

雨の底から　樹の底から

父

大きな落雷の翌日　あなたは生まれた
ひらいた掌　うすい血管を光がすり抜けるので
宵の明星がすぐそばを横切ったことが分かる
あなたを産み落とした直後にあなたの母は逝き
置き忘れられたまま絡まった時間の網目――
その網目から微かに零れ落ちる　異界からの泪
そのわずかの水量をあなたは決して見逃さなかった

九〇年経ち　早朝の葉に露むすぶ時刻――

陽射しを避けるように母の車椅子を押す父の後ろ姿
すり合わせたゆびとゆびの間にも時間の網目があって
こまかいフレーク状になって透け　とおい光に反射する
下り坂にさしかかる　ひやりとするゆび
斜めに引いたからだを降り始めた雨が濡らしていく

父は車椅子を押しながら空を見あげる
眼鏡に水滴が降りかかり雨だとわかる
はやく病室に戻らねば…
坂道に差しかかる
グッとハンドルを握りしめる
車椅子を支える握力
その掌の力が萎えるのは遠い日ではないだろう…不安、な

幾度も幾度も雷鳴が轟き
豪雨で世界は白っぽくなり風景が見えなくなっている
母のまなざしは水面すれすれを泳いでいる鯉に向けられている
日本庭園の池のほとりのあづまや
雨宿りする老夫婦の眼に映る雨と鯉
顔を寄せて雷鳴のそらを一瞥する
鯉は驟雨にざわめく波を潜って水底に沈んでいった

雨はあがりリハビリルームに向かう母を見送り通い慣れたバス停にいる
父はいつものように母の着替えで膨らんだリュックを所在なげに背負（しょ）っている

母

大きな落雷の跡に生まれた小さな水たまり
ひらいた掌（てのひら）は薄明りの仕種に似ていた
小さないくつもの水たまり
そのひとつにひらいた睡蓮の花びら
花びらの縁をひと筋の光が通り抜けた
そのとき光が小さく息を吹いたので
それが　母だと分かった

あけの明星が水明りのすぐそばを横切った

時間といういのちの網目
その網目から微かに零れ落ちる淡い光が
母の残りの水量を静かに映しだしている

突然父親が逝き　遠い親戚にあずけられた朝も
軍需工場に焼夷弾が落ち　友人が死んだ夜も
代用教員で教壇に立った日の教え子の仕種も
田舎から神戸に駆け落ちてきた当初の気苦労も
幾度かの相方の裏切りへの遣り方ない憤懣(ふんまん)も
薄れゆく記憶の水あかりに鮮明に照らされ――

昔のこと　今のこと
いきいきと話す母の饒舌はもう消えた　が
「いつ逝ってもちっともかまわないの…」

そう語る母は幸福な童女の表情(おもざし)で
死も日常も穏やかな光で満ち満ちてもう何事も起こらない
今日もソファに凭れうつらうつら微笑んでいる
生と死が同時にひらかれている永遠のその場所で——

ヘアダイ

いつものところでないといや…絶対いや！
透けて爛れた頭頂部には。黄髪と白髪と黒髪とが入り混じり…
近くの美容院にはてこでも行かない母に。父が毛染めを買って
きて。闇雲に振りかけられたその色に。アッと声を上げたのは。
事件の三日後の娘の驚愕。昔のように母が自分で塗ったその液は。
なぜか染を戻す溶剤。父が店員に勧められるまま買ったその。困
惑する、むずかる母の髪にあわててシャンプーふりかけ。頭皮の
爛れを撫でるようにそおっと　そおっと…一枚…一枚…剝がれ落

ちゆく皮膚の、はりつく皮膚の、米寿の時を経た薄いぼろぼろの
皮膚の…そのいとおしい一枚一枚の剝がれ落ち…吐きそうになる
息を飲み込み剝がれ落ちる皮膚を集め。細く透ける過去の髪集め。
地肌にはりつく悔い、剝がれゆく感情の。一枚一枚の過去の欠片（かけら）。
髪も皮膚もむせかえる…時代を経た…嫉妬や恥じらい、優しさや
怨念…入り混じり…じっと黙って。落ちてゆく、剝がれていく…
ゆくえをしらぬ皮膚の剝がれの。ときの剝がれの……
ことばなき母娘の胸ぞ、かなしき。

雨の底から　樹の底から

雨の底で見る夢は　いつも
昨日の寂しい音が漂っている
寄り添い合うお互いの樹木から離れるように　〝き〟と
呼んでみる　ただの呟き　独り言(ご)ち　朝だから
みぎわの夢もきっとこんな夢だと　誰に言えようか
樹の洞(うろ)から這い出る虫たちに口籠る

冷たい水に浸(ひた)された気分はお互いのもの
メイルの文字　ひと文字ごとに苦しく濡れて光っているからそれとわかる

樹木は遠い
もう歩き始めている
もう忘れ始めている

次の角を曲がった床屋さんの陰にひとりの少女が俯（うつむ）いたまま
短くされすぎた刈り上げの髪をひっぱっていた
母親はそのとき貧しかった　けれど
ひな人形を買うことを約束し宥（なだ）めた

認知症を患った母親の古い洋服を捨てた
箱詰めにされたままのひな人形を捨てた
訳のわからない涙が　〝き〟　から零れおちた

背高キリン草

詩に向かって身繕いしていると向こうからキリンがやってきてまだ
水黒いから散歩に行くのは早すぎる蟻は咲いたばかりの黄薔薇に揺
られて風の中切り揃えられたタンポポの綿毛から苦労して刻んだ野
菜汁に入れる菜の花揺れる洗濯物は濃密な風を孕みベランダから押
入れへと夕べからの雨で濡れたシロツメグサに「夜に爪切ったらい
けないよ」「夜に口笛吹いたら蛇でるよ」と告げられたのはこんな
朝だったそういつもの明るい日差しの朝は小児麻痺の少女の私だっ
たその子を母は毎朝手を引いて済生会病院に通った「樽本先生、マッ
サージしてやってください」いつもいつもマッサージばかりしにこ

んな晴れた朝も台風の朝もマッサージしに行くのだった「お願いですから、この子の足をなおしてやってください」少し気を病んだ痩せた看護婦さんが「お母さん、泣かないでください、そんなに泣かないで…」といつも慰めていたこんな朝こんな時代に女の子たちは次々と攫(さら)われていった坂道でじゃんけんしたり缶蹴りしたり最初の一歩をしたりして日が暮れるまで遊んだ坂道の下で寄せ屋さんのリヤカーに乗せられて殺されていたころされてしまった色黒の小さな一つ年下の女の子「そう　かわいそうに　ほん　かわいそうに…」と近所の割烹着姿の小母さんたちが集まっては井戸端で噂するそんな朝が続き「サーカスに売られていくと酢を飲まされるってよ…」手の先・足の先をいつもイライラさせている六軒先の小父さんは散髪屋さんから家に帰る途中で隣の植木鉢のキリン草に「働きに行ってきたよ」っていつも嘘ばっかり言っているそれでも今朝は明るくて戦争から「一五年も経ったのだもの　もはや戦後ではない」っていう掛け声に疲れているのだろうか…手の先・足の先をぎゅっと握りしめて黙ったままキリン草を見ていた「足の悪い子は子取りに連れていかれないよ」サーカスのかかる朝　近所の小父さんに連れていかれた広場にはサーカス小屋の大きなテントがあった小さな椅子に座って空中ブランコを見上げ一緒に揺れくらくらした何度もブランコと揺れてくらくらした銀のミニスカートをつけたおねえさんも攫われた子なのだろうか…私はきっと攫われない明日の朝もお母さんと樽本先生のところにマッサージしにいくのだから…サーカスを見ている隣に座っていた小父さんは誰だったんだろう…キリン草は背が高すぎて顔が見えないので今朝も思い出せないまま歩いている

夏に出会う

とめどなく死者がやってくる朝

そんな　朝
熱いバターを溶かし
ホットケーキを焼く
明るい日ざしがベランダからこぼれ
整理しきれない言葉が複雑に絡んでいった
折り畳まれた朝刊には幾重もの幸福と不幸
でもね　そのとき春一番の予報がラジオから流れ——
この世界をバターのように信じてみたい…って

とめどなく死者がやってくる朝
ホットケーキを焼く
ブルーベリージャム　オレンジママレード
熱くとろけるチョコバター
そこにあふれる死者たち

これら
死者たちは若すぎた

あなたがこの世に訣れを告げた朝
天使たちのすすり泣きが聴こえたのよ
雨の中でシャワーを浴びるように泣いたけれど
エンジェルズ・クライは朝が来る前に溶けた

死者たちはバター

の

黄色い夜を

もっともっとかさねたかった…って、ね

雪と花と空と詩

——詩人　尹東柱に

荒れ狂う雪
突き刺さる雪
かの青い空は遠く
閉じ込められ追い詰められた
嬲(なぶ)りの白
不明な痛みを耐えているのだ
詩人の魂は鎮まってはいない
この国の主治医は未だに彼の病がわからない
空も風も星もそこにあるというのに

白の嬲りに言葉は奪われた
如何ともしがたい屈辱
しかし言葉は白の嬲りをうらがえし
雪嵐（ゆきあらし）の中
天（そら）に天にと光を穿（うが）つ
屋根ヽは蒼く濡れ
そこかしこ淋しい光に照らしだされ
地図はもう降りしだく雪に蔽（おお）われることはない

ふわふわと去っていくものに心添わせるひとよ
嵐に吹き飛ばされて積もることはもうない

詩人よ

きょうはどのあたり
ひとの心のどのあたり

詩人が去った跡には花が咲くという
その花を雪の中に見つけては拾いあつめる
それは弔いの仕種だ
つきせぬ泉のにぎわいだ

そうして花を探していると
胸の中に声が流れてくる

——死にゆくすべての人たちに
　黒い服をお着せなさい。

——生きゆくすべての人たちに
白い服をお着せなさい。＊

星を歌う風のひと葉
あるいは金盞花かもしれない

蒼い陽射しの中にひらく
詩（ことば）の花

毒とともに
ラッパの音とともに

＊尹東柱「夜明けが来るまで」（『空と風と星と詩』）より

溟い波、ヴォカリーズ

——亡き詩友　寺岡良信に

ヴォカリーズ
《それは霊魂たちの国の言葉》
溟(くら)い波　囁き
抑制されたリズムをたよりに
海の皮膚をそっと撫でる
ただ薄い唇が動く
《蒼い重力がゆたかに歪曲する六月の涯》で
ヴォカリーズ

あなたはまだ聴いているだろうか
どこかでいまも聴いているだろうか
伝説は蘇らないまま
うすい光が温度を下げて
高山植物たちに返礼する　朝

あのころあなたは父の子どもだった
波に投身する父の
泡に溺れゆく父の
父という空洞をひたした月雫(つきな)の
告解のフジ壺
少年は築いた
ぎりぎりのサンクチュアリ
ミルク色の液体が高い山の中腹から毀(こぼ)れ

バイク音を響かせながら
水曜日ごと
明るい声が緑を弾いた

補陀落渡海記に聞き入った少年は
父の裳裾をひくように
両手両足をぴりぴりひろげ
自らに恥じ入るように歌う
よくとおる声で
こんなふう　に

な～きわらいして　わがぴえろ～
な～きわらいして　わがぴえろ～
あ～きじゃ　あ～きじゃ　と

…………

このあとの歌詞
思い出せない

《蒼い重力がゆたかに歪曲する六月の涯》
誕生月の睦月にあなたは逝った
降り続く雨の日には
白く煙る雨筋の向こうから
あの声が焼きついて
私の鼓膜を震わせる

ビスナール

——フェデリコ＝ガルーシア＝ロルカに

訪れてみよ
訪れてみよ
ビスナールの丘陵地帯

アフリカ大陸の対岸の丘陵地帯
丘陵は複雑に連なり迷路の砂漠
何かを隠すように何かから取り残されたように
脳髄に鋭く差し込む焼けるような熱波
　パーンと弾ける

銃殺の　余韻……

《オリーブの木々は叫び声の実をいっぱいにつけている》＊

オリーブの木々が乾きすぎる土塊（つちくれ）を遮るように
ここは
荒涼とした原野
人間も　植物も　木乃伊（ミイラ）になる　禿山
石灰岩が突き出た　禿山

うな垂れる首に重すぎる頭
だらりと力なく伸ばした腕
オリーブの木の下
ぐっと屈んで

ロルカは
命じられるままに自らの墓穴を掘り
ここで　殺された
ロルカの死体には石灰が撒かれていたという……

その窪地には今も生の花を手向ける誰かがいて——
途中で誰にも会わなかったのに
生の花が数本ばかり
まだ枯れていない

窪地から車で五分ばかりのところ
グラナダ陶器で焼かれた詩のプレートのかかるロルカ公園
ここがいわゆるロルカの墓所と言われているところ

しかし縁(ゆかり)のある幾人かの地元の人々は
墓石もないゴロ土がむきだしの窪地こそロルカの墓所と信じ
百年たった今でも　なお
花を手向け続けているのだ

まばらな林の中のひらたい岩には
ロルカと同時期に殺された知識人たちの
プレートが十数枚張り付けられていた
大きさや形の違うプレートには
それぞれに異なる文字がそれぞれの字体で刻まれていて――
今にもそれらすべて余すことなくここに立ち現れ
何かを訴えるように　いっしゅん
薄緑の闇に重く軋んだ

少し離れてロルカのプレート

その空の下はるか
風は死の衣を纏(まと)う

F・G・L

これは『カンテ・ホンドの詩』の一節
「予兆—愛」

骨が見つからないから　いまなお
殺された彼らの墓標はない
ロルカの墓標もない

あれら
捕らえられた鳥たちは
長すぎる尾を
緑の闇に動かしている
緑の闇に動かし続けている！

＊「風景」（フェデリコ＝ガルーシア＝ロルカ『カンテ・ホンドの詩』）より

わたしはかつてレモンの葉脈を

――亡き愛猫　あもに

わたしはかつてレモンの葉脈を
あなたにもらった
海にいきる　蒼い葉脈
かなたの　あの
レモンの
……香り
透けるレエス……
海の彼方からやってきた
レモンの葉脈

わたしは忘れては　いない
ひと筋　ひと筋　香り立つ
　葉脈の　かすかな気配
あなたが生きていた
　あかし

はるか　とおく　とおく　もっととおく　から――

ひびいてくる
ふるえのような　香り
ひびいてくる
葉脈になった　香り

レモン
ひとつ

葉脈のレモン
ころがるレモン
の
あたたかさ

物質的な抑揚
の
あたたかさ

葉脈は毬の弾力
レモンを弾ませる

記憶

無機質の
蒼いすじ立つ
最期の弾力
あなたを満たす
あおい
最期の　弾力

ああ　あもああ　あも　ああああ　あも

見事に葉脈を紡ぎ
わたしに与えてくれた
あなたの愛は

ふかい愛は　いま
死者の色　死者の弾力となって
葉脈のレエスにあおく透ける
とけてゆく　空気
ゆびを　ひらいて
紡錘形　の
まあるい　眼を
葉脈のレエスから畳みかけるように覗かせている
いま　あおに象徴される豊饒な死者のレモンとなって

夏に出会う

どこのどんな河原だったのか
草の道路から降りていく
熱く湿った石ころ
みみずが小さく影を曳いて
死者たちを導いていく
雨の日の精霊流し
八月は多くの死者たちが出会う
多くの生きているものたちが別れていく
透明なセロファンにくるまれたやり場のない記憶

客人の前で並べ替えた水色のゼリーを殺した
祖母に叱られたかなしい思い出
なぜ叱られたのか　わからないまま
水の上を流れるアマガエル　ヒキガエル　ウシガエル
プラスチックの五色の人工の池に破裂した
内臓を残さないまま死んだかれらみたいに
夏はまた
死んだ記憶とも出あいなおす

朝もやの中
白い印につきながらすすむ　水辺の
橋を渡って少女漫画を橋向こうの町に　ぞろぞろ
買いに行くシュミーズ姿の少女たち
あるいはゴム草履に麦わら帽子

バスに乗り行ったことのない
聞いたことのない町に出かける午前の緊張
走るバス　窓からの強い風を受けながら　びょんびょん
砂丘の町にたどり着く
ゴム草履を焦がす焼けた砂
ラクダたちは遠い目をした大人たちを乗せて
長いまつげをしばたいた　いっしゅん
ゆるやかにかすれゆく

夏の終わりの記憶とともに死者たちの蘇り
静かな汗となる

うなだれた薔薇の先にちいさな赤い花を見つけた　朝
幾人かの親しい死者たちの歓びの歌声が届くような気がして――

いつかは消えるいのちのあわいに結ぶ
かすかな水滴をとおしてつながっていく
ささやかないのちのわたくしたち

あけやらぬ　みずのゆめ　2

蒼いうた

真っ青な花びらが海に墜ちた
海は物語を潮騒にのせ
花びらに語った
どんな物語だったか……
もう忘れてしまった　が

カンカンカーンと
けたたましく鳴る踏切りや
ぐおんぐおーんと

呻る苫屋の海苔工場
海の神を祀る小さな紅い祠
その鋳割れ苔むした石の階段をゆるゆる降りくだる猫
砂浜には惨事の残響を印すゴムボート
冬から置き去りにされたままの小さな猟船
ひからびた　魚　貝　海藻……
引き千切れ絡まりついた投網　錘

海は
それらすべてを
潮騒にのせ
昼もずっと夜もずっと
花びらに語った

真っ青な花びらは
海に溶け
海を染め
水底深く
それら記憶を沈め

そうして
蒼いうたになった

すけるてゆびの舞踏会

にくたいさむし　秋の空
空を埋めゆくいのちのししむら
あまゆく雲片　遊行(ゆぎょう)の僧
薄まる黒衣(こくえ)　うみみずに溶ける

さかなのほね　かいのほね
すなつぶのほね　とりのほね
　みどりのほね
あおいしらほね

星屑まだきあまの光脈
月あかるめる騒擾（そうじょう）の宴
干草唐傘ぼそぼそ喰らい
泥の舟に修羅の櫂
こじょうれっとう廻船す

さかなのほね　かいのほね
すなつぶのほね　とりのほね
　みどりのほね
あおいしらほね

すけるてゆびの舞踏会

水平線

水平線は心眼で見るもの
半球のうちからひらくもの
それは大きな身振りではなく
にんげんに赦されたパンドラの筐の底
という神話の箴言(しんげん)でもなく

そうではなく
自然な　あまりに自然な　遥かなるものへのひとときの想い
融けあうもの　融かしあうものたちが

いだきあい　紡ぎあう
たいらかな　結ぼれ
まだ見ぬ彼方へ胸焦がす
手を伸べ　眼を細め　水の宙に託す
風をうけ　潮騒を聴き　半球の曲線を辿る……
しずかに　しずかに

辿ること
寄り添うこと
ここにいること
息子イサクを生贄に差し出したアブラハムが
なおも神に言ったように

――わたしはここにいます　と

屈んだまま　じっと
眼をひらき　そうして
すっくと起ちあがり
指の先から伸びてゆく　指の向こうを
見る
視ている
ひとと　ひとの　いきの　つながる　ところ
指の向こう　さらにその向こう
　に
いきつぐ　いき
いきふく　いき

そうして　微かな罅われから個々にわかれはじめる

つながり　わかれゆく

海の息吹

いき

ふき

わけて

鹽の種

掌に土を盛り鹽の種を蒔く
凍るほどに冷たい水をじょうろに充たし
はらはらと水をこぼし土を湿らす
掌の温もりで水は僅かにあたたまる
じいっとしているように掌にいう
掌は静かに微動だにしないでいる

掌の種は　安堵したかのように水を含みはじめる
一滴　一滴……そうっと　水を含み……

ふっくらと　ゆるやかに　膨らみ始める

ここは 海
いくつもの 掌
かさなるいくつもの掌は
私だけのものではなく
あなただけのものでもなく
珊瑚のようにじっと潮騒を聴いている
掌から伸びる芽　ここからも　あそこからも
伸びる　無数の芽
静かにしかし力勁く種の殻を破って。

視ているのは　聴いているのは
私ではない　あなたでもない

鹽は種から水をひらき　海をひらき　夜をひらき　朝をひらき
そうして　ひかりをひらく
鹽の種の日常（サイクル）は　水を呼び　夜と朝を呼び
　ついに生命を呼ぶのだ

鹽の種に宿る生命

　いのちの　みしおよ

海の掌は死に逝くものすべてを種にかえ
土を盛り　水を与え　ひかりに照らし　緑の風をそっと手わたす
時を超え　空間を超え
現世からの伝令を　記憶を　すっかり消し去って――

入り江から

白い月

天空にかかる白い月を見たのはいつだったか
島はまあるい真珠の形をしていた
強い陽光が照りつける昼間
そして　夜
明るい夜
明るすぎる夜に
どこからともなくただよってくる
あまやかな花の匂い
夜にひらく

南島の花　木に咲く花々
白い月の光に照り映える
島の家々
浮き上がる
島の白い道
珊瑚礁の白い道
島の中心から放射状に伸び
海へと続き
海へと消える　白い道

海近く蛍がいて
光る眼は蛍の幼虫
その輝きは海へと続き
島よりも高く

浮き上がる白い光
月まで届く
白い光
死者たちの白骨を照らす
白い光
白い光の中では
生者も死者もすべてみな
精霊に還る

酸素

きれいに嵌め込んだ酸素には
素数の約束があった
裏側でいつも少しだけ
割り切れない
未踏の朝は揺れた
そうして　いろいろの色たち
誘惑、泉のような。

――星が食べたい、

林檎が食べたい。

空に向かって
地に向かって
声が幻惑される
遊星にまどろむ
妖精たちの
水の色

今はただ黙々と歩いていたい
黙々と　ただ
祈るように歩いていたい
あるがままに見ていたい
南の島で出あった

幾重にも入籠(いれこ)になった
樹木、村、海、人——

今日私がしたことといえば
海に出て貝を拾っただけ

——星が食べたい、
　　林檎が食べたい。

海の中で屈曲する
自分の形
きのう海で出あった亀は
今日の台風にどんな形でいるのだろう

意味の奪われた
この無音の地で
次の船が出るまでじっと聴いている

脱皮する樹木

この森は死なない

光の風が私に囁く
アマミキョが降臨された沖縄の緑陰
風という風もないのに葉群が揺れる
幽かに　おいで、おいで、と呼んでいる
水鏡にたゆたう光の波紋　揺れ

スワスワササラー

スセリリササラー

声もないのに　風もないのに
神々が一度に語りかけてこられる
光りに透ける葉先が深閑とざわめく

　この森は死なない

木々と巨岩と白い壺
烈烈とした光が届かない聖なる森で
私はこの森を訪れた目的をうしない
わが肉体の存在を忘れ去り
ざわめきに導かれるように彷徨いはじめる

この森は死なない

森の奥へと入るほどに木々たちは白錆びた色を纏い
くるしいほど神々しくなってくる
森のメビウスの輪に捕らわれる
足が輪に絡まって歩けない
足元には青く透明な瓶が転がっている
これはきっと、何ものかが、ここで神々に捧げた御神酒(おみき)

スワスワササラー
スセリリササラー

肉体を無くした私の琴線に触れる音なき音　声なき声
白錆びた色を纏った鬱蒼たる樹木よ

足元でざわざわ鳴る乾いた音にはっと我に還る
夥しい白錆びた木々の皮だ
蛇のように永遠に脱皮する樹木

光の風は私に囁く
　もう　帰りなさい　これから先は神々の聖地

光りに　風に　白錆びた木々に黙祷する
こんなとき世界は忽然と消えてしまうのかもしれない
私は森の神々の無限の息吹を全身に浴びながら
もときた路をかえっていった

——沖縄県知念村　斎場御嶽にて

船霊さん

南九州の離れ島を旅したとき
漁師さんのボートに乗って沖にでたことがある
島のお婆さんのシノさんがボートに乗る作法を教えてくれた
ボートに乗る作法？
私はそんなものがあるのかと不思議に思ったが
シノさんは大まじめだった

　乗るときにはなぁ　船霊（ふなだま）さんにちゃんと頼まなあかんよ

神様かな？　船霊さん

　こまい舟やけどちゃんとおるからな

って　シノさん　言ってたなぁ…　でも
船霊さん　どこにお祀りするんだろう
小さな舟だから祭壇もないだろうし
神様とか　鳥居とか　キツネや犬　うさぎとかの動物の絵が書いてあるのかな？

　ほれはのぉ　知らんのよ　誰も
　知ったらあかんのよ　誰も

　　シノさんは呟く

けど　舟のどっかに必ず入れてある

　　　　シノさんは言う

小さな木彫りの仏様や　あるいはお札のようなものだろうか？

　いんや　いんや

　　　　シノさんは首を横に振った

　サイコロやったり　童女の髪の毛やったり　櫛やったり　歯やったり

　　いろいろやな

シノさんは小舟に向かって掌をあわせた

私もシノさんに倣って掌をあわせた

入り江から

島のひときわ切り立ったところ
海岸は小刻みに弧を描く幾つもの入り江になっていて
地元の漁師が拵えたのか　その入り江のひとつに浮桟橋が見える
尖った小さな石ころだらけの急な道を
青々と茂った木々から垂れ下がる蔓を伝いながら
海岸まで降りていった
猫の額ほどの珊瑚礁の砂浜が
入り組んだ海岸線に沿って静かに波に洗われていた
樹木に覆われて上の道からは見えなかった幾つかの砂浜が

秘密のようにそこにあった

背後にはアダンやビロウ樹に交じってウバメガシ　それから
巨大なシダの葉を放射状に拡げた奇天烈(きてれつ)なヘゴの木がジャングルになっていた
これらを視ていると妙に太古の昔にいるような気持ちになった

ざわめき揺れる——
渇いた熱風と太陽からの熱線に身体から水分が奪われ
皮膚はじりじりと焼かれ　黒く罅割れ　てらてら光った

海は
浅葱色(あさぎいろ)から濃い群青へ　青の階梯(かいてい)を辿れば水平線の彼方…

——ニライカナイ

この土地の人々が神の国と呼ぶ海の彼方の楽園

この土地の人々は誰もがニライカナイに死後を託しているのか
砂の洞窟に設(しつら)えられた祭壇に
ささやかに供えられた泡盛のワンカップ

ここから出かける
朽ちかけた浮桟橋の根元にひっそりと繋がれた小舟に乗って
ここから――

あけやらぬ　みずのゆめ　あとがき

『あけやらぬ　みずのゆめ』は私の六冊目の詩集です。最初の詩集が一九八五年刊の『紅のゆくへ』（蜘蛛出版社）ですから、もう三〇年以上も詩を書き続けていることになります。小学校に入学したばかりの頃、ジャングルジムに登り、長い長い永久とも思われる小学生活六年間をどうやり過ごそうか……と憂鬱になっていたところ、頭上の藤棚から水滴がつうと落ちてきて、どこからか声が響いてきたような気がしたのです。けれども、それは、はっきりと。「詩人」という言葉さえ覚束なかった七歳の春、「あなたは詩人である……」と。ここに告白するのも気恥ずかしいような奇妙な話ですが、それからずっと「詩人って何だろう？」と思い続けてきました。

ここに掲載した詩篇は、主に二〇一二年『ノスタルギィ』以降、五年にわたって書き継いだ詩から選びました。最後の最後まで悩み抜いた私に、道標を示してくださったのは「港の人」の上野勇治氏でした。詩人北村太郎の作品に由来するこの不思議な名前の出版社を知ったのは、雑誌「考える人」（二〇一七年冬号─特集〈ことばの危機、ことばの未来〉、新潮社）でした。紹介された記事を読んで、居ても立ってもいられなくなった私は、鎌倉由比ガ浜にあるこの出版社を訪れることにしたのです。記事にあった「詩とは魂を直接表現するもの。魂とじかに結びついている文学です……詩が表現しようとする、人を悶々とさせる何か、躓かせる何かは、誰もが本来、それぞれの魂の中に持っているものだと思うんです……狭い世界に閉じこもりがちな詩歌をもっと意識的に外に向けて開いてゆきたい、詩という毒をもっと撒き散らしたい」といった上野さんのことばから、こんな編集者と仕事をしたいという思いがふつふつと湧きあがってきたのです。私の直感は当たりました。こうして生まれたのが『あけやらぬ　みずのゆめ』です。

この表題の契機となったのは、母の突然のしかも不自然な大腿骨骨折による入院でした。年老いてなお二人で生活していた両親の暮らしはその日から大きく変化しました。長期入院による認知力の著しい低下に苛まれる母、薄まってゆく表情……朝四時に起床して、毎日片道一時間半もの道のりを路線バスに乗り、母の着替えの入ったリュックを背負い、病院に母を見舞わずにいられない老いた父の後ろ姿……歪む日常。そんな折、おこった東日本大震災。ひとの記憶を超える年月を過ぎ越し襲った（「想定外」などとは決して言いたくない！）巨大地震による津波と、世界に「フクシマ」という名を轟かせた福島第一原子力発電所事故。あれから六年、フクシマも両親の介護もさらに深刻化し、それらすべてが怒濤のごとく押し寄せ、混沌と打ち重なり、そこにひろがった途轍もない空洞のごとく湛えられた水、水、水……それらが渦巻き、濁り、ときに恐ろしいほどに澄んでそこにある、あり続けることへの畏怖――。

私たちの日常のすぐそばに、災厄に巻き込まれた魂たちが当たり前のように居るこの国で、詩を書く者はいったいどうすればこれら死者たちと同じ地平に立ち、いつの日か憩うことができるのだろうか……「つまづく石でもあれば私はそこでころびたい」と書きのこしたのは詩人で絵描きの尾形亀之助ですが、生者と死者がごく至近距離で行き交わる今だからこそ、少し奇異で少し古めかしいこの「魂」ということばの再生は、ことばの未来へ、希望へとささやかに繋がってゆくのではないでしょうか。

うすら寒い価値や意味で踏み固められ覆いつくされた現状にあって、能の〈ワキ〉のように、〈シテ〉である死んだ魂、生きている魂の想いをことばに映し、昇華させ、そっと誰かに手渡すことができるならばこんな嬉しいことはありません。

二〇一七年　師走の京にて

福田知子

福田知子◎ふくだ　ともこ

一九五五年神戸生まれ。詩集に『猫ハ、海へ』（蜘蛛出版社、一九八七年）、『ノスタルギィ』（思潮社、二〇一二年）、他三冊。評論集に『微熱の花びら―林芙美子・尾崎翠・左川ちか』（蜘蛛出版社、一九九〇年）、『詩的創造の水脈―北村透谷・金子筑水・園頼三・竹中郁』（晃洋書房、二〇〇八年）。共著に『京の美学者たち』（晃洋書房、二〇〇六年）、『スペイン内戦とガルシア・ロルカ』（南雲堂フェニックス、二〇〇七年）など。詩誌『Mélange（めらんじゅ）』編集発行人。ガルシア・ロルカと震災犠牲者に捧げる「ロルカ詩祭」は二〇一七年夏で二〇回を迎えた。コピーライター・大学教員を務め、現在に至る。学術博士（立命館大学大学院）。日本ペンクラブ会員、日本現代詩協会会員。

メールアドレス：runa@kpd.biglobe.ne.jp

あけやらぬ　みずのゆめ

二〇一八年一月一一日初版第一刷発行

著　者　福田知子
装　幀　西田優子
発行者　上野勇治
発　行　港の人
神奈川県鎌倉市由比ガ浜三―一一―四九
〒二四八―〇〇一四
電話〇四六七―六〇―一三七四
ファックス〇四六七―六〇―一三七五
印刷製本　シナノ印刷

ISBN978-4-89629-342-5